KB260830

박해미 제2시집

독도야 너는 내 곁에서 영원하라

박해미 제2시집

독도야
너는 내 곁에서 영원하라

지구문학

수년간 모아왔던 원고를 정리하여 두 번째 시집을 세상
에 내놓게 되었다.

첫 시집 《시를 훔치는 밤》은 등단하기 전, 습작기에 썼던
작품들이었고 여기 모인 글들은 모두 등단 이후에 쓴 시들
이다. 그래서 책으로 출간하는 데 더 많은 시간이 필요했고
더 많은 고민과 부담이 따랐다.

그러나 지금까지의 모든 찌꺼기를 세상에 다 버리고 다
시 새롭게 시작하고 싶은 마음으로 용기를 내본다.

그동안 문학소녀라는 단어 하나로도 가슴 설레던 어린
시절부터 나는 나만의 세계를 갖고 싶어 시를 읽었고 수없
이 많은 시인들에 대한 동경과 짝사랑으로 가슴앓이를 해
왔었다.

교과서처럼 가슴에 안고 살던 그 많은 시인들을 일일이
다 열거할 순 없지만 나보다 먼저 세상을 풍류하던 모든 선
배 시인들에게 고맙고 감사한 마음을 여기 적어둔다.

또한 내게 어린 시절 처음으로 글을 쓸 수 있도록 재주를
발견해 주고 지금의 내가 있기까지 가장 많은 역할을 해 주

신 초등학교 때의 노현석 선생님을 비롯하여 중·고등학교 시절, 나에게 특별히 글공부를 할 수 있도록 배려해 주신 많은 국어 선생님들의 표정이 내 안에 고스란히 남아 있어 오늘을 살아가는 데 큰 힘이 되어주고 있음을 감사한다.

그리고 지난 10여년간 함께 울고 웃으면서 활동했던 경기도 광주문인협회의 한상윤 지부장님과 모든 회원들, 충북 옥천문인협회의 문우들에게도 역시나 감사한다.

국문학과를 지망하고 부족한 어미를 영원한 우상으로 받들어주는 아들 두익이와 늘 밝고 깔끔한 이미지로 온 세상의 평화를 주장하는 딸 하니에게도 그동안 제대로 못한 어미 노릇을 이 시집 한 권으로 대신할 수 있기를 바랄 뿐이다.

2008년 9월

박해미

제1부 | 누군가를 사랑하게 되면

나의 봄은 벚꽃이다

나의 봄은 온통 환하게 피었다가
오도독이 비처럼 쏟아지는
벚꽃이다

길가에 하얗게 쌓인 꽃잎
누군가 밟고 가더라도
이맛살 찌푸리며
화낼 줄 모르는
어리석은 사랑

다 피기도 전에
눈물이 되어야 한다면
차라리 꽃이 되지 말지

살랑이는 바람 한 겹에도
추락하는 하얀 그리움이여

나의 봄은 온통 환하게 피었다가
사뿐사뿐 눈처럼 내리는
벚꽃이다

냉이를 캐면서

내가 너를 안기 이전부터
넌 이미 봄을 잉태하고 있었다

요 앙큼한 것아

누구더냐

나보다 먼저 누가 너의 가슴을
스쳐 갔느냐

내가 씨를 뿌리기 이전부터
넌 이미 파릇한 향기를 품고 있었구나

어떤 발정난 놈의 씨앗인지
급하기도 하다
아직 2월도 채 가기 전에
너를 세상에 내놓은 거 보니

서울의 봄

멀리 여수에서 올라 온
동백꽃 이야기보다

중국에서 불어 온
황사가 먼저 봄을 알리는 우울한 서울

창을 열면
꽃보다 먼저
다이옥신 바람이 들어오고
빌딩 숲 사이로 내리는
햇살마저도 시들거린다

어린 생명들이
비척거리며
자라나는 불안한 서울

한 줄기 희망의 씨알이
가로수로 자라는 날까지
서울의 봄은
가래 섞인 기침으로 골골거리며
그렇게 오고 있다

나는 너의 창문이고 싶다

나는 너의 창문이고 싶다

아침이면 부서지는 햇살로 네 커튼을 걷고
간지러운 바람으로 너를 깨우면서 하루를 시작하고

낮에는 숲에서 전해 주는 솔내음을 가득 채워 둔 채
퇴근하는 너를 기다리며

밤이 되면 너의 방 가득히 달빛을 전해 주고
보석 같은 별들을 모아 너의 꿈이 되기도 하고
너의 간절한 기도를 들을 수 있는 창문이 되고 싶다

도화살

내 그리움 속엔
언제나 복숭아 향기가 배어 있다

태초부터 그렇게 만들어진 운명이었다

한 송이 도화로 살아야 하는
여인의 가슴에는
달콤한 젖줄이 흐르고

살풀이 춤이라도 추고 싶은 오늘밤
이슬 먹은 꽃으로 활짝 피어
그대를 유혹하리라

나만의 욕심

때로는 애인처럼 안개꽃이라도 한 다발 안겨주면서
살포시 어깨에 기댈 수도 있게 해 주고
친구처럼 토닥거리고 싸우다가도
먼저 문자 메시지도 보내주고
가끔은 용돈을 모아 우아한 분위기에서 식사도 하고
아주 더 가끔은 오랜 시간 여행도 같이 해 주고

비 오는 날이면 누구보다 먼저 내가 생각난다며
집 앞에서 전화해 같이 드라이브 가자고 해 주는 친구가
바로 너이길 원하는데

누군가를 사랑하게 되면

누군가를 사랑하게 되면
날마다 화려한 능소화처럼 웃고만 살 줄 알았습니다

당신이 슬며시 내 가슴으로 비집고 들어오려 할 때
조금도 주저하지 않고 받아들인 것은
오늘처럼 지독한 그리움으로
혼자 아파할 줄 몰랐기 때문이었지요

당신을 가슴에 담고 보니
길게 뱉어지는 한숨과
빗물처럼 쏟아지는 눈물이 함께 있더군요

많은 사람들 속에서 나에게만 보내주던
진한 눈웃음으로
혼자 주인공이 된 듯
가슴 설레며 시작된 인연

이제 그 설레임은 나만의 아픔이 되어
잊혀져 가는 여인의 눈물로
당신을 원망하고 있지만
한 마디도 토해내지 못하는 것은

행여 내가 당신의 힘든 어깨에 짐이 될까 봐
당신도 나처럼 아플까 봐

안개처럼 자욱한 그리움으로 하루를 다 채우면서도
당신에게 매달리지 않고 버티고 있습니다

누군가를 사랑하게 되면
날마다 환하게 웃는 능소화처럼 화려해질 줄 알았습니다

동백꽃 이야기

바다와 함께 떠난 당신이 그리워
외로운 섬 오동도에서
동백으로 핀
여자의 붉은 순정

당신의 가슴 속에
불꽃이 되고 싶어
당신의 심장을 닮은
동백이 되었지요

몸서리치는 외로움에
떨면서도 바다만 보고 있는 것은
하얀 물보라로 달리는
유람선을 타고 당신이 올 것 같아

내 안으로 삭힌 아픔을 토해
붉은 피로 흘린 꽃잎이 되고
당신의 애절한 사랑마저도
내가 안고 싶어
노란 꽃술로 물기 서린
동백이 되었지요

오동도 가는 기차에서

스무 살 처녀처럼
설레는 가슴으로 떠나는 서울역

서로 쳐다만 봐도
사춘기 소녀들처럼
깔깔거리며
웃고 떠드는 소리에

미처 주위를 보지 못해
역무원의
옐로우 카드도
추억으로 간직할 수 있는
행복에 빠진 바람끼들

그대들이 있기에
기차는 꽃으로 피고
우린 벌써 서로에게
엄청난 태풍이 되고 있다는 것

석양에 잠들다

일상에서
아무렇지 않게 다가왔던 햇살처럼
늘 거기 있어 존재감마저 몰랐던 그리움이
내 안에서 붉게 사그라진다

첫 키스의 기억은
진한 와인처럼 향기롭지만

찬란했던 순간일수록
더 화려하게 저물어 가고

내 그리움의 실체는
채 마르지 않은
수채화처럼 흐느적거린다

뒤척일 기운 없어도
꿈틀거리는 내일을 안고
석양에 잠들다

원초적 본능

고프다
먹고 싶다
먹는다

졸립다
자고 싶다
잔다

잠결에 안고 싶다
만지고 싶어진다
더듬어보니 아무도 없다

나도 모르게 나오는 말
C-8

용서

이제는 지우고 싶다
적당히 화려하면서도 적당히 비참했던 날들

미워했던 사람의 이름도
사랑했던 사람의 그림자도
모두 세월에 묻혀
강물처럼 흘러간다

무엇이 그리도
나를 아프게 했던가

용서할 수 있는 마음도
이해할 수 있는 마음도
모두 내 안에 있었는데
찾으려 애쓴 흔적도 없이
상처 받으면서 살아온 날들과

미워한 만큼 아파했고
아픈 만큼 미워했던 날들을
바람에 실려 보내고
낙엽처럼 뒹굴던 기억을

책갈피에 접어
곱게 펴 보리라

흔적

남아 있는 모든 것이 가슴을 짓누르는 눈물이다

커피를 마실 때나
와인을 마실 때나
콜라를 마실 때도
언제나 립스틱 자국처럼
진하게 남아 있는 기억

더듬지 않아도 당연한 것처럼
내 그림자로 따라다니는 너

이제는 어디에서도 찾을 수 없는 너를
어디에도 버릴 수가 없는 것은
가는 곳마다 남아 있는 흔적 때문인가

버려야 다시 채울 수 있다는데
눈을 감아도 보이는 흔적 때문에
가끔은 숨이 멎어 버릴 것 같은 고통이지만

아무 의미 없이 지워질까 봐
영원히 내 눈물 속에 널 가두고 싶다

남아 있는 모든 것이 아픔이지만
그 아픔조차도 소중하기에

그리움이 끝나는 날

눈물처럼 투명했던
그리움이 끝나는 날

금빛 날개로 파닥이던
달그림자도 서러워

모질고 아린 기억 속에서도
별빛처럼 반짝이던 시어들이

새벽이슬 젖은
서정시와 함께
파르라니 부서져 내린다

시인의 폐경

이미 흐르지 않는 젖줄처럼
메말라가는 감성으로
길게 뱉어내는 한숨과 함께
떠밀려 흘러온 세월

척박하게 갈라진 가뭄 속에서도
생명을 부여잡고 살아야 하기에
뼈 속까지 비어가는 허물을 안고도
늙어가는 마음만이 서러워

폐경을 맞은 시인에게는
바닥이 드러나
쩍 쩍 갈라진 저수지처럼
이제 어디에도 글감은 없다

시를 쓰지 않으면
불면으로 서리에 젖는 일도 없으니
더 이상 고뇌하는 밤도 없을 것이다

개망초

그대를 기다리다 지쳐
길가에 아무렇게나 피었습니다

그대가 지나가는 길목에서
님의 발끝이라도 잡고 싶어
나 이렇게 하얀 꽃잎으로 다시 살지만
날 알아보지 못하고 그냥 지나가는 당신을
원망할 수조차 없는 것은
끝까지 침묵해야 하는 비밀스런 사연 때문이겠지요

뿌리까지 말라 비틀어져 가는 그리움으로
다음 세상을 기다리고 또 기다리면서
바람처럼 스쳐가는 그대의 향기에
갈증만 더해 갈 뿐

그대여
차라리 나를 밟고 가소서

생인손

손톱 밑이 노랗게 익어갑니다
너무 아파서 약을 먹었지요

가슴 속에는 더 큰 상처가 있어도
참아야만 한답니다

그리움으로 데인 상처는
약도 없다더군요

그저 날마다 빈 하늘에 낙서만
하고 있습니다

가시버시

한 여자로 세상에 나와
다이애나비처럼
그레이스왕비처럼
화려한 순간도
영광의 그늘 뒤에 숨어
눈물을 흘려야 하는 고통도 없었습니다

역사의 한 페이지에
이름 없는 민초로 살다 가지만
나 그대와 가시버시 되어
사랑하고 사랑 받고
원도 한도 없이
모든 것을 다 주었으니

그대 나의 하늘이여
이 세상 소풍 마치는 날까지
오직 그대만을 바라보며
한세상 살고 싶어

나 전생에 비련의 여인이었나
그때 다하지 못한 사랑

지금 대신하고 있는지
행복한 나날들
누군가 시샘할까 두려워
그대 귓가에 살며시 두고 온 한 마디

나 다시 태어나도
그대만의 여자이고 싶어요

✽ 가시버시란 부부를 이르는 순수한 우리말이다.
　가시는 아내를 버시는 남편을 뜻한다.
　국어사전에는 부부를 낮추어 이르는 말이라 나오는데 이는 한자
　이나 외래어를 고급스런 언어로 생각하고 순수한 우리말을 낮추
　어 생각하는 시대적인 정서가 포함되어 있기 때문이다.

봄은 아직 멀다

새순 하나 틔우지 못할 만큼
준비 없는 햇살은
아무리 따스해도
봄이 아니다

얼마나 더 혹한 겨울이 지나야
시로 활짝 핀 봄을 볼 수 있으려나

내 서재에는
삼월이 되어도
꽃망울이 열리지 않고 있다

제2부 | 여자는 자존심으로 산다

올 여름엔 그대에게

아카시아 향기로 속을 넣고
구름 한 뭉치 꼭꼭 주물러 빚은 송편
부서지는 햇살로 익혀
새벽이슬 송글이 맺힌
나뭇잎 접시에 담아
그대 밥상에 올려놓고

밤나무 그늘 아래
살랑이는 바람으로 씨줄 삼고
환한 웃음으로 여름을 즐기는
장미의 진한 향기로 날줄 삼아
한 올 한 올 기워 만든 양탄자
그대 침대 위에 깔아주고

올여름
불덩이 같은 태양은
보자기로 꼬옥꼭 싸매
뒷방에 두었다가
눈 내리는 날
그대 곁에 풀어주리다

바다에게

내가 바다로 가고 싶어 하는 것은
네가 거기 있기 때문이다

이제 내가 바다로 가야 하는 이유가 된 너를
바다처럼 안고 싶고
나의 바다가 된 너의 가슴에 빠지고 싶어

내가 바다로 가야 하는 이유가 너에게 있지만
나를 바다에 버려야 할 이유도 너에게 있다

너는 바다가 되고 싶어 했고
나는 네가 되고 싶어 하니까

미완성

40년을 넘게 살았어도
아직 성숙하지 못한 나를 본다

앞으로 40년을 더 산다 해도
달라질 거란 희망은 없다

어둠이 소리 없이
내 어깨를 짓누르고
음습한 곰팡이 냄새가
내 영혼을 갉아먹고 있어도
이젠 저항할 힘도 없다

이렇게 죽어간다 해도
누구를 원망할 것인가

자꾸만 작아지는 자아를
겸손이란 이름으로 포장해 놓고
혼자서 시름거리는 영혼

그래도 아직 자존심은 살아 있어
이대로 죽어도 품위는 유지하고 싶어 한다.

그러고 보니
그게 더 웃긴다

바람

바람이 분다
어제와 다른 바람이 분다
굶주린 하이에나의 눈빛으로
성난 바람이 온 세상을 삼키려 한다

인류가 지구에 나타나는 그날부터 시작된 전쟁은
아직 끝나지 않았고
인류보다 먼저 지구를 알게 된 바람은
수 만년 역사 속에서
단 하루도 잠든 적이 없었다

우주를 넘나들면서
태양계의 비밀을
침묵하고 싶어 했던 바람이
자연을 거스르는 인류에게
성난 들소처럼 뿔을 세우고
돌진하는 사이
나도 독한 바람이 되어
세상을 저주하고 있었다

박제된 여자

그대 웃고 있는가

눈이 부시도록 황홀한 조명과 함께
유리벽 속에 전시된 여인

날마다 새옷으로 갈아입고
화려하게 웃고 있지만
그대의 아픔은 누구에게도
위로받을 수 없어
점점 더 메말라 가는 영혼을
촉촉히 적시고 싶어
수없이 많은 밤을 헤매지만
보여지는 것은 껍데기일 뿐

네온에 숨겨진 이율배반 같은 인생을
유리상자로 포장해 놓고
날마다 마네킹처럼 서서
낯선 사람들의 시선을 기다리는 나를 본다

그대 진정 웃고 있는가

내가 옆에 있어 당신이 빛이 된다면

내가 옆에 있어 당신이 빛이 된다면
나 언제까지고 이렇게
침묵과 함께 당신 옆에 있겠습니다

나로 인하여 당신이 더 화려해지고
나로 인하여 당신이 더 아름다워지고
나로 인하여 당신이 더 돋보인다면

나 언제까지고 이렇게
당신의 그림자로 남겠습니다

남들이 나를 봐주지 않아도
당신의 눈빛으로
당신의 입김으로
당신의 미소로
나를 대신할 수 있어
참으로 행복합니다

내가 옆에 있어 당신이 빛이 된다면
나 이름 없는 여인으로
말없이 당신 옆에 있겠습니다

지금처럼
언제나

너의 눈물을 마신다

술을 마신다
그리움도 마신다

보석 같은 너의 눈물도 마신다

너는 언제나 술보다
나를 더 취하게 하는구나

치가 떨리도록 외로운 가슴
서로 부대끼면서

나는 너를 위해
너는 나를 위해

눈물보다 진한 술을 마신다
술보다 독한 눈물을 마신다

견우와 직녀가 만나던 날

그리움으로 채운 세월
한숨이 천둥 되고
눈물이 비가 되고

생각만 해도 가슴이 떨려
짧은 만남은 번개가 되고
이별의 아픔은 오랜 설화로 남는다

아직은 어설픈 날개로 만든 오작교에서
찰나의 오르가즘을 느끼기 위해
속살까지 아린 그리움을 풀어
또 얼마나 기다려야 하는가

시인을 아내로 둔 남자

그녀가 여자로 태어난 것도
악마 같은 끼를 갖고 시인이 된 것도
세상의 모든 아픔을 안고 사는 것도
살아 있는 모든 것을 지독하게 사랑하는 것도
모두 그녀의 운명이듯이

언제 터질지 모르는
화산 같은 열정과
분화구로 솟아오르는 연기와
불덩이 같은 마그마를
가슴에 안고 사는 여자를
아내로 둔 것은 당신의 운명인가 봅니다

그녀가 뜨거운 만큼 당신은 차갑고
그녀가 꿈속을 헤맬 때 당신은 실리를 찾고
그녀가 드라마를 보면서 울 때도 당신은 냉정했고
그녀가 인정을 베풀 때
당신은 더 야박하게 돌아서야 하는 이유를
남들은 몰라도 그녀는 알고 있지요

그렇게 그녀의 울타리가 되고 싶어 하는 마음
그녀가 못하는 것을 대신해 주고 싶어 하는 마음

시인을 아내로 둔 남자
세상에서 가장 불쌍한 남자

여자는 자존심으로 산다

내가 당신을 선택한 것은
꼭 당신이어야만 하기 때문입니다

사랑하는 사람 앞에서
기꺼이 무릎 꿇고 경배하고 싶은데
당신이 아닌 다른 사람에겐 그리 할 수 없잖아요

당신만이 내 자존심인 것을

모든 게 귀찮은 날

비가 질척이고
바람이 서성이는
일요일 오후

근원도 없는 슬픔으로
대상도 없는 그리움으로
향수에 젖은 고단한 육신으로
이국의 낯선 거리를 헤매는 영혼을 위해

내용도 없는 시 한 줄로
마음을 풀어 헤칠 수 있다면
지금 이 감정에
더 솔직해지고 싶어

나는 나이기에
나만을 위해
나를 더 사랑하고 싶은 오후

모든 것이 부질없다
졸음에 거운 눈으로

마흔 살까지만 살고 싶다

추한 모습으로
병든 꽃잎처럼
늙어지고 싶지 않아
눈부신 세상을 다 비우련다

한 알의 씨앗으로 다시 태어나
꽃으로 피어날 때까지
나
침묵을 먼저 배우고
서럽도록 아름다운 기다림으로 참으리라

지금까지
누군가를 위해
대신 살아주던 내 인생
가을 바다 울음처럼
마흔 해의 슬픈 파도를 접고

그냥 웃기만 해도
새 아침의 햇살로 눈부신 날 있다면
이슬 향기 흥건한
붉은 장미 한 송이로

나
다시 태어나고 싶다

담배를 피우면서

그대 나를 스쳐 지나는 바람이었나

뜨거운 입김으로
내 심장을 태워 만든
비밀스런 사연 하나
가슴에 묻어 두고

담배 연기처럼
잠시 머물다 사라져 버린
허공 속의 그대여

어차피 삼킬 수 없는
고통이란 걸 알면서도
뱉지 못하는 것은

나 아직 그대를 보내고 싶지 않아
쓰라린 아픔 한 모금
입에 물고 있어요

여자 나이 사십에

이제야 꿈지락거린다
사십 년을 묶어 두었던 시간 속에서

여자가 온 몸을 뒤틀며
세상을 향해 기지개를 켠다

몸을 씻고
화장을 하고
새 옷으로 갈아입고

사십 년 세월을 넣어 두었던
자궁 속 같은 주머니를 열어 제치고
세찬 바람과 함께 외출을 한다

혹한 대가를 치룬다 해도
여자는 세상을 다 안아보고 싶을 뿐

나무와 바람

당신은 나무
나는 바람

언제나 그 자리에서
날 기다리는 당신에게
나는 잔인하도록 혹한
바람이었습니다

온 세상을 헤매고 다닐 때마다
난 당신이 어리석은 줄 알았고
나처럼 사는 것이
옳은 줄 알았습니다

세월에 점점 익어가면서
언제나 변하지 않는
당신의 진실과
땅속 깊이 묻어 둔
당신의 인내를
알게 되었습니다

그래도 아직은 덜 성숙한 탓에
나 지금 당신 곁에 머물지 못하지만
기다리고 기다리는 나무로
평생을 살아가는 당신을 위해
언젠가는 한 줌의 흙으로 돌아가
당신의 뿌리를 안고
천년을 뒹굴어도 좋을 듯 싶습니다

문자 메시지

내가 다시 태어난다면
너의 눈이 되고 싶어
그래서
시인의 눈으로 세상을 보고 싶어

짧은 문자 메시지를 받았습니다
이렇게 답장을 보냅니다

내가 다시 태어나면
당신의 가슴이 되고 싶습니다

퍼내도 퍼내도
마르지 않는 샘을 가진 당신의 가슴

당신이 나의 손을 잡는 순간
우린 다시 태어났으며

당신은 이미 나의 눈이 되었고
나는 벌써 당신의 가슴이 되었습니다

제3부 | 독도의 아침

독도야

내 가슴 속에
이글거리는 불꽃 같은 덩어리 뱉어
손바닥 위에 올려놓고 보니
너로구나
너였구나
독도야

내 할아버지와 할머니
아버지와 어머니가 그랬듯이
나 오랫동안
너로 인해 피가 돌고
너로 하여 할딱이는 숨을 내쉬었으니
네가 바로 나의 심장이었구나

그런데 너를 삼키려고
혀를 날름거리며
덤벼드는 저 비겁한 파도를 보라

폭풍처럼 밀려오는
저 엄청난 해일을
어찌하랴

어찌하랴

내 한 목숨 다한다 해도
앙도라지게
꽈악
움켜쥔 주먹
절대 풀 수 없어

내가 죽어 바다가 된다면
너를 삼키려던 파도마저
내 손으로 움켜쥐고
놓지 않으리라

너는 내 곁에서 영원하여라
내 아들의 아들의 아들에게도
너만이 태양보다 뜨거운
심장이 될 수 있기에

독도의 아침

태양을 이마에 찍어 단
붉은 기운으로
바다를 물들이며
홀로 선 기개

저토록 화려한 빛깔로
비상하는 독도의 아침

피맺힌 아픔으로
약자의 고통을 대신하고

역사 앞에 홀로 선 도도함에
바다를 넘나드는 새들도
거센 파도를 두려워하지 않는다

사상의 테러

나는 날마다
눈물과 콧물 범벅이 되어가며
낡은 껍질을 벗기려고
세상의 맵고 모진 냄새를 참아야 한다

아편 같은 숨결로
자꾸 깊어 가는
사상의 뿌리에
모지락스런 테러를 하는 것은
육감적인 나무가 되어
그대의 쓰임목이 되고 싶어서고
더 큰 나무의 요염한 향기가 되어
오직 그대만이 오를 수 있는
신비로운 산이 되고 싶어서다

아프간에 펄럭이는 깃발

아프가니스탄 남부
칸다하르의 하늘로
성조기가 올라간다

보복과 성전이라는 이름으로
추악한 전쟁이 시작되고

파편처럼 어지럽게
흩어진 시신들 앞에서도
총성과 폭음은
멈출 줄 모르는데

선과 악의 경계가 흐려진
전쟁터에서
어린 아이들과 여인들의 울음소리는
그저 단발의 총성보다 약한 것

누가 저들에게 손을 내밀어 줄 것인가

과학으로 만든 무기 앞에서
신마저도 어쩌지 못하는데

아이들의 눈동자에 박힌 성조기가
아프간의 하늘에서 분노로 펄럭인다

광주는 5월에 다시 산다

광주는 해마다
5월에 다시 태어난다

젊은 영혼들이 분연히 일어나
무등산을 깨우고
하늘을 호령하는 기세로
역사를 휘어잡은 빛고을이여

아카시아 향기마저도
잔인하게 느껴졌던 5월
민주화로 가는 디딤돌마다
얼마나 많은 생명이 엎드려
울어야 했던가

피비린내 나는 한을 토해
만들어진 강물이
역사를 안고 흐르는데
그대들의 영혼이 징검다리 되어
오늘과 내일을 이어주는구나

살아있는 이들에게 더 큰 아픔이 된
광주의 5월에
하루 종일 질척이는 빗줄기가
다시 태어나 영원히 살 수 있는
생명을 주고 싶어 한다

남한산성

성곽을 붙잡고 올라온 담쟁이 넝쿨이
사백년 세월을 거슬러
깊은 뿌리로
역사를 또아리고 있다

병자년 혹한 겨울에
땅속 깊이 묻혔어도
생명을 버리지 못한 것은
산성을 위해 죽어간
수많은 민초들을 기억하기 위함인가

오늘도 남한산성을 휘감은 담쟁이가
바람을 유혹하여 세월을 귀동냥하고

시나브로 두터운 이끼가 성곽을 끌어안은 채
넝쿨만큼이나 복잡하게 버무려진
역사의 굴레를 벗기려 할 때

멀리 조선의 말발굽 소리가
산성을 호령하고 햇살로 사라진다

백두야 한라야

백두야 한라야
너희는 원래 뜨거운 피가 도는
한 몸이었는데

그 사이를 인간이 비집고 들어가
피 흘리는 슬픈 분단이 되었으니

내가 사람으로 태어난 죄
너희가 물어도 할 말이 없어
붉은 태양 아래 천벌로 울고만 있구나

너희가 하나 되는 날
한국 호랑이의 울음으로
세상을 다 울려도
태양은 또 얼마나 더 울겠는가

성동 구치소

감홍색 옷에 선명하게 찍힌 숫자 1463
영원히 잊을 수 없는 번호를 가슴에 달고
콘크리트벽 안에 갇혀
속으로만 울어야 하는 현실에서
햇빛도 피해 가는 창문을 향해
기도하는 작은 새 한 마리

언제부턴가 우리는 모두
스스로의 벽 안에서 허우적이는
수감자가 되어 있고
비밀번호 같은 숫자를 가슴에 단 채
바코드처럼 낙인이 된
수렁 같은 세상에서 살고 있다

구멍이 송송 뚫린 유리를 사이에 두고
서로 목이 매여 할 말도 못한 채
보고 있어도 보이지 않는 너의 미래가
수갑에 채워진 채 담보가 되어 있는 현실

누가 너의 청춘을 이렇게 만들었는가
이 더러운 세상에 살고 있는
우리 모두가 유죄인 것을

모노 드라마

그는 언제나 혼자였다

조명도 분장도 없이
무대 위에 혼자 선 그는
어설프고 가녀린 몸짓으로
혼자 웃기도 하고 혼자 울기도 한다

연습도 없이 무대에 선 그는
빈 술잔을 비우면서도 취해야 하고
눈물이 메말라 흐르지 않아도 울어야 하며
지독한 고독 속에서도 삐에로처럼 웃어야 한다

처절한 외로움 속에서도
그의 대사가 말이 되어 나오지 않는 것은
침묵으로 뱉어야 하는 독백이기 때문이다

우리는 모두 모노 드라마의 주인공이다.

연극이 끝나고

—숭맥극회 후배들에게

화려한 조명 속에서
진한 분장과 비싼 껍데기로
자신을 감추려 하는 것은
나를 다 내놓고 더 벗을 게 없기 때문이다

우린 서로 손을 잡지 않아도
뜨겁게 와 닿는 체온을 느끼고
꼭 다문 입술을 보기만 해도
가슴에 담긴 처절한 독백을 들을 수 있다

막이 내려지고 조명이 꺼진 뒤
무대에 혼자 남아 있을 때
실연보다 더 아픈 상실감을 느끼면서
비로소 진짜 배우가 되어간다

뒤풀이 때마다
아무리 마셔도 취하지 않는 것은
그대들의 젊음과 열정도
함께 마실 수 있기 때문인가 보다

제4부 | 낮보다 밤이 더 아름다워

별이 쏟아지는 밤

하얀 찔레꽃 향기가 되어
별이 쏟아지는 밤을 안고
벌거벗는 순간

오래된 율법으로
나를 가두었던 울타리도
무너져 내리고

쏟아지는 눈물과 함께
온몸으로 느낄 수 있는
절정을 위해

구원자도 없는
골고다 언덕에서
돌에 맞아 죽어도 좋다

시 한 수 가슴으로
품고 자던 그날 밤

늦은 가을밤

이 늦은 가을밤에
바람을 헤집고
구름을 휘저으며
어둠 속을 더듬는 것은
고향 하늘에 두고 온 별 하나 불러

아버지 산소도 다녀오고
어머니 병상을 지켜보라고

이국땅 낯선 곳에서
어설픈 정감으로 향수에 젖어
혼자 울고 싶은 밤

캄캄한 하늘을 더듬어
심부름 보낼 별 하나 찾기 위해
혼자 고뇌하는 밤

오렌지 카페

가을을 남기고 간 당신의 흔적이
처절한 그리움으로
나를 망가뜨리고 있을 때

당신은 중국에서 일본으로
그리고 다시 한국으로
역마살을 찾아 헤매고
나는 가을의 한 모퉁이에서
空房의 恨을 안고 울어야 합니다

당신을 첨으로 가슴에 안았던
오렌지 카페에서
기다려야 하는 이별의 터널은 너무 멀고
혼자 뒹굴어야 하는 밤은 너무 길어

지쳐 쓰러져 가는 영혼을 밟고 지나가는
잔인한 가을에게
내 시린 가슴을 다 내어주고도
서럽도록 아린 기억을 지울 수 없어요

나 이제 당신의 그물에서 벗어날 수 없는데
진한 가을의 질투가 당신을 삼켜 버리고
되돌릴 수 없는 사랑을 찾아 헤매다
내가 머물 수 있는 곳
오렌지 카페

하얀 밤에

내 자궁 속에서
꿈틀대는 너를 안고
도도하게 흐르던
강물이 파도와 만나
뜨거운 호흡으로 부딪치는데

부끄러움과 욕망의 사이를
밤 안개가 커튼처럼 가려주고

애무로 익은 열정과
황홀한 오르가즘을 느끼고 싶어
너를 안고 뒹구는 동안
안개를 쓸기 위해 온 새벽이
슬그머니 돌아서 숨을 죽인다

낮보다 밤이 더 아름다워

낮보다 밤이 더 아름다운 것은
어떤 수식어나 미사여구도 필요 없고
우아함도 교만함도
자존심도 없이
허물을 벗듯 발가벗고
내 있는 그대로를 다 보여줘도
부끄럽지 않기 때문이다

낮보다 밤이 더 아름다운 이유는
그대를 위해 촛불을 켤 수 있고
그대만을 위한 향기로운 꽃이 될 수 있기 때문이다

장미의 생일

하얀 눈 내리던 날
발가벗은 몸으로 태어나

꿈과 욕망을 움켜쥔 작은 주먹과
앙다문 입술로
우주 같은 사랑을 품고

숨을 쉬는 화산같이
뜨거운 열정으로
하얀 눈 속에서도 당당하게
붉은 장미로 피었는가

나 언제나
그대의 진한 향기에 취해
그저 바라만 봐도
입가에 미소가 머물고

그대의 숨결과 입김으로도
이 겨울이 춥지 않아

그대
나의 장미여

밤의 길목에서

실크 머풀러 같은 술기운과
은빛 나는 음악이
내 혈관을 돌아
이성을 마비시키려고
오른쪽 뇌와 타협을 하고 있다

연말의 알싸한 분위기 속에서
한 잔 두 잔
목구멍을 타고 들어가는 알콜의 농도가
누군가의 살 냄새처럼 진해지고

나를 버리라고 유혹하는 영혼에게
실컷 욕설을 퍼부어 주고 돌아서는데
어느 라이브 가수의 목소리가
자꾸 나를 또 흔들어댄다

세상은 온통 하얗게 변하고
밤은 깊어 가는데
이성의 끄트머리에 매달려
집으로 돌아오는 길

밤의 길목에서
목구멍으로 넘긴 세상을
모두 토해낸다

낙엽을 태우며

낙엽의 고통을 지우기 위해
친정아버지는 뜰 안 가득
마음을 태우십니다

솔향기 진하게 밴 연기 가득한데
아버지의 눈빛 속에선
슬픈 모닥불이 그렁이고

지난 세월의
바람소리 물소리를
태우는 잿더미에서

아버지 슬픈 마음을 줍기 위해
아버지를 닮았다는 내 손끝으로
불타는 모닥불을 헤쳐 보아도

캄캄한 하늘 아래 매달린
빨랫줄에 하얀 이불보가
손만 저어줄 뿐

夢&夢

거긴 그냥 꿈이었다

애잔한 발라드를 부르는
라이브 가수의 목소리에 취해
그저 몽롱하게 지샜던 밤

내 가슴에서 타오르는 모닥불이
취기를 더해 주고

사랑 그 쓸쓸함을 노래부르던 가수에게
추파를 던지는 용기까지 더해 주니

그 밤엔 이미 내가 아니었다

단지 꿈이었을 뿐

✽ 몽&몽 : 경기도 성남시 시청고개에 있는 라이브바의 이름임

해빙

만년설로 뒤덮여
꽁꽁 얼어 있던 가슴 속으로
어느날 당신이 슬며시 들어왔습니다

책갈피 속에 숨겨둔 은행잎처럼
내 안에 다소곳이
앉아 있는 당신을 발견할 때마다
눈 녹아 졸졸 흐르는
개울이 함께 있어

메말라 비틀어진 나뭇가지에
생명이 오르고

내 안에 쌓인
얼음 같은 눈덩이는
영원할 거라 믿었는데

당신을 가슴에 품고서야
모락모락 피어나는
아지랑이를 보게 되고

시리고 아리던 가슴에
작은 냇물이 흐르고 있습니다

겨울을 벗으면서

겨우내 나를 감쌌던
비늘을 벗어 던진 채
조심스레 문을 열어 본다

아직은 써늘한 기운이
온몸을 떨게 하지만
이미 벗어 버린 허물을
다시 입기 싫어
그냥 뜨락으로 내려서니
햇살과 바람이 놀아난 흔적

매화나무에 몽울 하나
부끄러운 모습으로 남겨두었다

달빛이 며칠 밤을 서리에 젖어 울고
가로등 아래 밤안개가
물방울로 부서지더니
꽃을 잉태하기 위한
몸부림이었나 보다

그러고 보니
모두 공범이었다

겨울의 끝자락에서

이제 매서운 바람이 아니어도 좋다

하얀 눈발로 그대 가슴에 내려앉은
한 송이 추억이라면
나 언제나 그대를 위해
침몰할 수 있는 난파선처럼
내 영혼을 다 내어주고도
아깝지 않게 녹아내릴 수 있는
겨울이고 싶다

떠도는 바람의 정령에게라도
기대어 울고 싶을 만큼
가슴 시린 사연을 가진 그대에게
마지막 몸부림처럼
나뭇가지를 뒤틀며
새롭게 돋아나는 생명을 위해
다가올 계절을 준비하는 겨울이고 싶다

이제 날카로운 바람이 아니어도 좋다

제5부 | 그대에게 가는 길

셋째 언니

청초롬한 얼굴에
건성거린 화장기
빗물에 떠내려가는
조팝꽃잎 바라보는 언니의
물기 어린 속눈썹이 파르르 떨리고

세월의 슬픈 그림자
골진 이마에도
아직은 꿈이 진하게 어리는데
언제나 면사포 써 볼래나
쓸쓸한 우리 언니

아버지 살아 생전에
못 다 핀 한숨이 하늘을 물들게 하더니

아버지
당신의 무덤에
겨우 뿌리를 내린 잔디가
더 파릇이 움트라고

언니의 눈물이
비가 되어
오늘도 당신의 시린 가슴을 적십니다

덤으로 사는 인생

병실 창문으로
하늘이 아깝다

창문 옆에
옷을 다 벗어 버린 은행나무가 부끄럽고
나뭇가지 사이로 바람들이 눈을 피해 간다

내 작은 창가에는
갓난아기의 손바닥처럼 생긴 선인장이
빨간 꽃으로 철부지다

창문을 열고 싶은데
저 여린 꽃잎이 추울까 봐

유리 안에서
억지로 핀 선인장 꽃이
덤으로 사는 인생 같다

왜 이렇게 추운 겨울에 피었을까

주사 병 속에서
흘러 나오는 수액이
모세혈관을 돌아
나를 덥게 해 주는 것은
세상을 덤으로 더 주고 싶다는
당신의 사랑인가

밤 열두시

밤 열두시
어제를 접으면 오늘이 되고
오늘을 접으면 내일이 된다

지금 이 시각
어디선가 새로운 생명이 태어나기도 하고
누군가 죽어가기도 할 것이다

세상은 언제나
喜와 悲가 비껴가기도 하고
함께 가기도 한다

그대와 나
나와 그대는
지금 이 순간
같은 곳을 보면서도
서로 다른 곳으로 가고 있다

슬픈 영화처럼
내 눈물 속에서 클로즈업 된 그대
긴 한숨으로 뱉어내고도

쓰디쓴 고통으로 다시 삼켜지는 것은
서로 다른 인연을 어쩔 수 없어

오늘을 접으면서
슬픈 운명도 함께 접는다

밤 열두시
누군가 태어나기도 하고
죽어가기도 하는데

이중인격에 대한 변명

내가 지금 이렇게 사는 것은
누구에게도 말할 수 없는 고통을
내 안에서 혼자 삭이고 싶어서다

날마다 빈 술병처럼 뒹굴고
버려진 담배꽁초처럼 구겨져 살면서도
누구에게도 들키고 싶지 않아
또 다른 모습으로 나를 감추려 한다

아침마다 밤새 벗어두었던
껍데기를 다시 주워 입으며
세상과 타협하려는 나를 발견할 때마다
소스라치게 놀라면서도 거부할 수 없는 것은
단지 용기가 없어서만은 아닐 것이다

비겁하도록 성숙하지 못한 자아를
비단 향으로 감싸 놓고
세상 사람들의 찬사를 즐기려 하는
사악한 욕심

사랑에 굶주린 여자처럼
달콤한 말 한 마디에 놀아나
뭐든지 다 주고 싶어하는
어리석은 감성

자유롭고 싶어 몸살이 나면서도
세상에 출사표를 던지지 못하는 것은
단지 용기가 없어서만은 아닌 것이다

내가 지금 이렇게 사는 것은
누구에게도 말하고 싶지 않은 고통을
저 혼자 곰삭을 때까지 기다리고 싶어서라고

오빠야

어느 비바람치던 날
큰오빠 다른 세상으로 보내고
갑자기 장남이 되어 버린
작은 오빠

세월이 진해질수록
자꾸 더 처지는 어깨가 너무 무거워
작은 오빠 볼 때마다
혼자 속울음을 삼켜야 하는데

사는 게 다 그런 거라고
누구나 다 그렇게 힘들다고
쉽게 말하고 싶어도
종갓집 종손으로 살아야 하는
오빠의 생을 알기에 그럴 수 없어

언제나 소리 없이 절절한 가슴으로
지켜만 보고 있습니다

나도 가끔은 애인을 꿈꾼다

나도 가끔은 애인을 꿈꾼다

유리벽으로 만든 성 안에
중세 기사 같은 남자 하나
마네킹처럼 전시해 두었다가

아무도 없을 때
진한 입맞춤과 함께 환생하여
나를 안아줄 수 있는
비밀 하나 있었음 좋겠다

꽃을 시샘하기 위해 왔던 바람 한 줄기
가슴을 훑고 지나가더니
휑하니 외로운 그림자만 남겨준 오후

오늘 같은 날은
나도 애인을 꿈꾸며
달콤한 낮잠에 빠지고 싶다

젊은 시인에게

개스키
시벌노무스키
우라질노무스키

하필이면 시인이 되어가지고
하필이면 그런 시만 골라 써가지고
남의 가슴을 온통 휘젓고 다니는 넘

나쁜 넘

내가 같이 죽자고 해도 할 말이 없어야 하는데
그래도 고넘의 주둥이는 살아서
또 시 한 수 주절거리고 가자 하겠지

밤마다 내가 지넘의 시집을 끌어안고 있을 때
지는 다른 여자를 안고 뒹굴고 있겠지만
그래도 용서가 되는 것은
너의 영혼으로 써내려 간 시 한 편이
내 가슴에서 불타 올라
또 다른 희열을 느끼게 해주기 때문이다

개스키
시벌노무스키
우라질노무스키

내 그리움은 지금

내 그리움은 지금
벼랑 끝에 서서
아득한 절벽을 보고 있다

아찔한 현기증을 느끼면서도
저 아래 끝 어딘가에
네가 있을 거 같아

한 발만 더 나가면
너를 안을 수 있다기에

나는 지금
까마득한 절벽 위에 서서
너를 보고 있다

아직은 차디찬 바람이
내 발목을 잡지만
날마다 가슴 시리게 울어야 하는
그리움을 저 밑으로
던져 버리고 싶어

내 그리움은 지금
너에게로 추락하고 있다

이젠 괜찮아

이젠 괜찮아

가슴에 안은 상처를
바늘로 콕 찔렀더니
노랗게 익어 있던 그리움이
주르륵 흘러 내리고
며칠동안 쓰라리던 상처가
조금씩 아물기 시작했어

난 정말 괜찮아

상처가 아물면
흔적은 남겠지만
지금처럼 아프진 않을 거야

그러니까
뒤돌아보지 말고
너 가고 싶은 곳으로 가라

이젠 정말 괜찮아

너의 빈 자리

빛바랜 흑백사진처럼
멀어졌던 기억이
성난 파도가 바위에 부딪쳐
하얀 그리움으로 부서진다

너의 형상은 흔적조차 없는데
가슴에 묻었던 사연을 쑤석거려
작은 불씨 하나 찾으려 해도
온통 잿빛으로만 남는 기억

아름다웠던 순간도 슬퍼지고
슬펐던 날도 아름다워질 수 있는 것을
오랜 세월 더듬고 나서야 알게 되었고

너를 가슴에 묻고서야
세상을 안을 수 있는
빈 자리가 넘친다

그대에게 가는 길

안개로 가득한 숲 속을 헤치고
바다보다 더 높은 파도를 넘어
구름인지 눈인지 솜사탕 같은 융단을 타고
그대 만나러 가는 길

너무 멀-다

안개가 비행기를 잡고
파도가 나를 잡고
폭설이 자동차를 잡는다

그래도 가고 싶어
밤마다 그대 곁에서 잠든다

너를 알고부터 난 더 외롭다

안개 속 같은 그리움을 헤집어 보면
언제나 거기에 네가 있다

어스무리한 모습으로
손을 뻗어도 잡아주지 않는 너

이렇게 지독한 그리움에 빠질 줄 알았으면
너와 함께 했던 시간들도
그 바다에 모두 버리고 올 걸

너를 알고부터 난 더 외롭다

당신을 알고부터

당신을 알고부터
할 말을 잃었습니다
웃음도 잃었습니다

그냥 멍하니 창밖을 보며
기억에 남지도 않는 생각에 빠집니다

다 식은 커피를 마시거나 진한 녹차를 마실 때
맛도 향기도 느끼지 못하고
벌써 오랜 날을 울지도 웃지도 못하면서
보고 싶어 몸살 난 여자처럼
멍청해져 가고 있습니다

당신을 알고부터
똑똑하고 야무지던 여자는 어디론가 사라지고
어벙한 모습으로 눈동자에 초점마저 잃었습니다

당신을 가까이에 둘 수 있다면
내 모든 것을 다 버려도
아까울 리 없지만
그런 어리석은 여자를 당신도 사랑해 줄지

이미 당신에게 중독되어
아무것도 할 수 없는 여자를
당신이 부담스러워 할까 봐
내 속내를 다 보여주지 못하고
눈물에 젖은 일기장만 끌어안고 있습니다

당신은 누구십니까

당신은 누구십니까

날마다 가슴에 안겨 있어도
타인처럼 낯설어지는 당신

가장 가까운 곳에서 손을 잡고 있어도
당신의 모든 것이 아닌 나와
나의 전부가 될 수 없는 당신

애증의 그림자 속에서도
미워할수록 더 보고 싶은 당신

사랑이라는 이름으로 구속하고 싶어도
돌아서면 남보다 더 멀리 있는 당신

잘못 된 인연으로 얽힌 운명인 줄 알면서도
서로 풀지 못하는 숙제처럼
영원히 가슴에 상처로 남아 있어야 하는 당신

당신은 누구십니까

언제나 타인 같은 당신

손을 잡고 있어도
마주보고 있어도
그대 품에 안겨 있어도
언제나 멀게만 느껴지는 당신

왜 당신의 눈엔 항상 낯선 그림자가 있을까요

아직 다하지 못한 그리움을 풀어
향기로운 수채화를 그린다 해도
당신의 추억이기에 모른 척해야만 하는 것은
서로의 어깨가 비어 있어
잠시 머물다 가야 하는 인연으로
아직 가슴을 다 헤집고 들어가지 못하는
이유 때문이지요

그대의 슬픈 그림자마저도
내가 안고 가야 할 운명이기에

당신은 부재중

이 비 그치면
당신 오시겠지요

지금 어디에선가
커피를 마시며
창밖을 보고 계실 당신

마음은 벌써
여기 와 있는 거 알아요

그래도 빗속을 걸어
오지 마세요

당신의 어깨가 젖는다면
내가 기델 수 없잖아요

눈물로 젖은 가슴
빗물에 더 적시고 싶지 않아

이 비 그치면
하얀 목련 같은 그리움 풀어
나를 안아주세요

사랑한다면 보내주세요

푸른 창공을 다시 날고 싶어
당신을 떠나려는 작은 새 한 마리
제발 날개를 꺾지 말고 그냥 보내주세요

보낼 줄 아는 것도 사랑입니다

당신이 더 미워지기 전에
그나마 눈물이 조금이라도 남아 있을 때
저를 보내주세요

당신의 가슴에 남아 있는 게 너무 힘들어
이젠 어느 누구의 소유가 되고 싶지 않아서
당신으로부터 벗어나고 싶어
몸부림치고 있는데
제발 절 사랑한다면 보내주세요

당신은 한 때 나의 모든 것이었습니다

시를 쓸 때도 음악을 들을 때도
산책을 할 때도 운전을 할 때도
언제나 내 곁에 함께 있던 당신을

떠나고 싶어 하는 이유는
그리움이 너무 커 지독스럽게 앓고 나서야
당신이 폐결핵보다 더 무서운
바이러스란 것을 알았기 때문이지요

당신이 날 잡고 매달리는 것도 아닌데
보내달라고 애원하는 제 심정을 아시나요
제발 절 보내주세요

네가 보고 싶다 화가 날 정도로

기다리다 지치면 정말 화가 난다
하루 종일 음악을 들으며
오직 너만 생각하고 있는데
저녁노을이 먼저 창문을 두들겨도
전화 한 통 없을 때
너의 무심함에 조금씩 화가 나기 시작하고
어둠이 내려와 내 어깨를 잡으려 할 때는
가슴 속에 열기가 한숨으로 터져 나오고
별빛 속에서 혼자 커피를 마실 때 쯤엔
이성의 회로가 엉키기 시작하지

지금처럼 화가 날 정도로 네가 보고 싶으면
그냥 창가에 앉아 다 식은 커피 잔에
눈물과 한숨을 섞어 마신다

그러다가 네 전화를 받으면
목이 메여 할 말도 못하고
너의 부드러운 목소리와 달콤한 한 마디에
프림과 설탕처럼 녹아나서
그냥 또 웃기만 하겠지

박해미 제2시집

독도야 너는 내 곁에서 영원하라

지은이 / 박해미
펴낸이 / 김정희
펴낸곳 / 지구문학

110-122, 서울시 종로구 종로2가 39 뉴파고다빌딩 215호
전화 / (02) 764-9679
팩스 / (02) 764-7082

등록 / 제1-A2301호(1998. 3. 19)

초판발행일 / 2008년 9월 25일

ⓒ 2008 박해미 Printed in KOREA

값 7,000원

E-mail / jigumunhak@hanmail.net

※ 잘못된 책은 바꿔드립니다.
※ 저자와의 협약으로 인지는 생략합니다.

ISBN 978-89-89240-22-8 03810